EXERCICES

Pour la retraite et le jour de la 1re communion.

CANTIQUES

POUR CHACUN DE CES JOURS.

Tout exemplaire non revétu des initiales et de la paraphe de l'auteur est réputé contrefait.

Toute reproduction même partielle est interdite et sera poursuivie conformément aux lois.

EXERCICES

POUR

LA RETRAITE ET LE JOUR DE LA 1re COMMUNION.

CANTIQUES

POUR CHACUN DE CES JOURS.

Précédés de prières pour la préparation à la retraite, et suivis de diverses
prières suivant les différentes circonstances dans lesquelles
peut se trouver un chrétien pendant la journée.

Ouvrage approuvé par Monseigneur l'Évêque d'Autun, Chalon et Mâcon.

———◇◇———

PAR UN JEUNE ÉTUDIANT.

◦∿∿∿∿∿∿◦

CHALON S. S.

IMPRIMERIE MONTALAN,

RUE FRUCTIDOR.

1859

Nous avons fait examiner un recueil de poésies religieuses composées pour le jour de la première communion et les jours qui la précèdent ; et d'après le compte qui nous en a été rendu, nous approuvons ces premiers essais, et nous engageons le jeune auteur à faire remonter toujours à Dieu le talent qui lui a été donné.

Chalon-sur-Saône, ce 26 janvier 1859.

† FRÉDÉRIC,

Evêque d'Autun, Chalon et Mâcon.

PRÉFACE.

Cet humble ouvrage, faible hommage de piété filiale, m'a été inspiré par les précieux souvenirs du plus beau des jours de ma vie, celui de ma première communion. C'est après avoir médité sur l'importance de ce grand jour, que j'ai osé chanter, sur ma timide lyre, les sentiments qui doivent émouvoir les cœurs des jeunes enfants qui se préparent à cette action la plus grande, la plus importante et la plus sublime de leur vie.

En composant ce petit ouvrage, je n'ai point visé à l'éloquence, j'ai voulu, au contraire, parler avec simplicité et de manière à ne pas laisser de confusion dans l'esprit des jeunes enfants ; du reste je n'ai fait que reproduire ce que me dictait mon cœur.

Si j'ai adopté le genre de la poésie, j'y ai été décidé par l'avis de Fénélon lui-même qui dans sa lettre à l'Académie (*projet de poétique*) dit : « La » poésie est plus utile que le vulgaire ne le croit. » La religion a consacré la poésie à son usage dès » l'origine du genre humain. » Et il en donne pour exemple : la magnificence des cantiques de Moïse ; le livre de Job ; le Cantique des Cantiques, qui sont tous remplis de poésie et transportent l'âme à leur simple lecture. Ce n'est pas que je prétende avoir égalé cette magnificence, cette grandeur poétique que l'on retrouve dans ces œuvres sublimes ; Oh non ! loin de moi ce soupçon téméraire. Ma lyre est trop faible, et ses accents, étant loin d'égaler ceux de Moïse, de Job, de David ou de Salomon, ne peuvent monter, comme eux, jusque aux cieux et se mêler aux concerts harmonieux des Anges.

La première communion, comme je l'ai dit plus haut, est l'action la plus importante de la vie de l'homme, et, cependant, on voit quelquefois des enfants qui s'approchent de la table sacrée avec tiédeur et indifférence, se hâtant de faire leur première communion qu'ils regardent comme un grand embarras, comme un fardeau pesant.

Un enfant, qui se prépare à cette grande action, doit donc pénétrer son cœur de l'importance de ce qu'il va faire. Il doit envisager que sa vie entière va dépendre de sa première communion ; qu'il faut, pour s'approcher de la sainte table, avoir l'âme aussi pure qu'au jour de son baptême. Il doit considérer que son Dieu, celui qui l'a créé, qui est mort pour lui afin de le sauver, va reposer dans son cœur, comme dans un tabernacle, et y répandre l'abondance de ses grâces ; que le corps et l'âme participent à ces grâces; que l'âme reçoit la vie, la bienfaisance des dons de Dieu, qu'elle devient ferme dans ses résolutions, et que le corps reçoit la force et la faculté d'obéir aux sages volontés de l'âme et de les exécuter.

En faisant toutes ces reflexions, en suivant les sages conseils des parents vertueux à qui Dieu les a confiés, en écoutant les avis de leurs pasteurs éclairés, les enfants feront une sainte communion, et pendant toute leur vie les doux fruits s'en feront ressentir.

Ce petit ouvrage se divise en cinq parties, ou chapitres, qui toutes ont rapport, soit à la retraite, soit au jour glorieux de la première communion. Ces prières, et les cantiques qui les suivent, sont en conformité avec les pieux et touchants exercices qui, d'ordinaire, précèdent et accompagnent le jour suprême de la première communion.

Une sixième partie contient des prières diverses pour les différentes actions de la journée d'un chrétien.

Telle est l'analyse de cet humble ouvrage que j'ose vous adresser aujourd'hui, jeunes enfants; peut-être n'ai-je pas atteint au but que je m'étais proposé, mais, comme vous, je suis jeune encore et j'ai besoin d'indulgence.

INVOCATION

A LA VIERGE MARIE.

Oh ! je viens implorer votre puissant secours.

C'est à vous aujourd'hui, Vierge, que j'ai recours.

O divine Marie, ô mère bonne et tendre,

Daignez donc en ce jour m'exaucer et m'entendre ;

Daignez prêter l'oreille à mon humble oraison.

Oui, je viens implorer votre protection ;

Bénissez mon ouvrage, inspirez-moi sans cesse

Et dirigez ma lyre afin que rien ne blesse

Les lois de Jesus-Christ, notre Dieu rédempteur,

Soyez à mes côtés et parlez à mon cœur.

Sans vous je ne puis rien, je le sais, bonne mère ;

L'homme est faible et n'agit que par Dieu sur la terre.

Faites que mon ouvrage inspire à chaque enfant

L'amour du doux sauveur, Dieu juste et tout puissant,

Et qu'après l'avoir lu, le cœur plein d'allégresse,

Ils aillent se nourrir du pain de la sagesse.

EXERCICES

Pour la Retraite et le jour de la première

COMMUNION.

CANTIQUES POUR CHACUN DE CES JOURS.

Précédés de prières pour la préparation à
la retraite, et suivis de diverses prières
suivant les différentes circonstances dans
lesquelles peut se trouver un chrétien
pendant la journée.

PRÉPARATION A LA RETRAITE.

Reconnaissez votre néant ; implorez Dieu afin
de faire une sainte retraite, et une confession
parfaite et entière, pour recevoir dignement,
pour la première fois, le corps adorable du
sauveur Jésus.

O Jésus, des humains le sauveur et le père,

De l'enfant qui vous prie, écoutez la prière !

Je suis faible, Seigneur, sans vous je ne puis rien,

Oh ! venez à mon aide et soyez mon soutien.

C'est vous qui soutenez les jours de mon enfance,

Qui dirigez mes pas, qui, depuis ma naissance,

M'avez donné toujours ce dont j'avais besoin ;

Et de moi, doux sauveur, vous daignez prendre soin.

Oui, je m'anéantis, connaissant ma faiblesse,

Devant vous, roi du Ciel, modèle de sagesse ;

Car que suis-je, ô mon Dieu !.... je ne suis qu'un pécheur !

Par moi je ne puis rien ! sans vous point de bonheur !

Sans vous je ne puis faire un pas sur cette terre,

Je me trouve affaibli, plongé dans la misère !

Ayez pitié de moi, je vous prie à genoux !

Tout ce que j'ai, Seigneur, je le sais, vient de vous ;

Vous m'avez tout donné, santé, bonheur et vie,

Et mon père que j'aime, et ma mère chérie !

Vous m'avez soutenu de votre bras puissant

Et jeté sur ma tête un regard bienfaisant !

Votre bonté pour moi fut toujours paternelle ;

Eh ! qu'ai-je été, Seigneur !. . à vos lois infidèle !.....

Mon Dieu, j'ai mérité votre juste courroux,

Et contre moi, pourtant, vous apaisez vos coups !

Ah ! devrais-je aujourd'hui vous appeler mon père !....

Contre moi, doux Jésus, ne soyez pas sévère !

J'ai suivi, je le sais, le chemin de l'erreur,

Et déjà, je n'ai plus le calme dans mon cœur.

Pardonnez-moi, mon Dieu, je suis faible et je tombe,

Et je vois sous mes pas, déjà s'ouvrir ma tombe !

Puis-je espérer encor d'avoir votre pardon ?..

Oh ! ne me livrez pas , seigneur, à l'abandon !.

Mais j'entends, dans mon cœur, une voix qui m'appelle:

« Viens à moi, mon enfant, viens à moi, me dit-elle ,

« A ces charmes trompeurs, oh ! ne t'arrête pas ;

« Viens, écoute ma voix, dirige ici tes pas. »

Et cette voix, c'est vous, c'est vous Dieu que j'adore ,

Qui me guidez toujours, à présent même encore.

Oui bientôt dans mon cœur je vais vous recevoir.

Et c'est en vous, mon Dieu, que je mets mon espoir.

Je le sens, doux Jésus, vous parlez à mon âme,

Oh! daignez l'éclairer de votre sainte flamme!

Venez, je vous attends, assistez-moi toujours.

Oui je vais, ô mon Dieu, pendant ces quatre jours

Me livrer au silence, aux ferventes prières,

Et j'irai de mon cœur consoler les misères,

Déclarant mes péchés au juge impartial,

Lui qui vous représente au sacré tribunal.

Mais pour faire l'aveu de mon erreur coupable

Ah! sans votre secours je ne suis point capable;

Prêtez-moi votre force, et daignez m'inspirer;

Du démon infernal daignez me délivrer.

Qu'au prêtre, avec franchise, ô mon Dieu, je m'accuse;

Eloignez loin de moi le désir de l'excuse.

Faites que je résiste au démon tentateur,

Et que je sois docile à votre voix, Seigneur.

Purifiez mon cœur de toutes ses souillures,

Extirpez du péché les racines impures!

PRIÈRE

A LA SAINTE-VIERGE.

Priez la Vierge Sainte qu'elle implore pour vous, auprès de son divin fils, afin que vous fassiez une sainte retraite, que Notre Seigneur Jésus-Christ pardonne vos péchés que vous accuserez sincèrement, en ayant les lumières du Saint-Esprit que vous priez la Sainte-Vierge de vous obtenir.

O divine Marie,

Mère du Dieu puissant, daignez prier pour moi

Jésus, notre bon père, affermissez ma foi,

Mère tendre et chérie.

Priez le doux Sauveur

Afin que dans ces jours je garde le silence,

Que de tous mes péchés je fasse pénitence,

Et qu'il parle à mon cœur.

O Vierge, bonne mère,

Obtenez le pardon de mes péchés nombreux,

Eclairez de mon cœur les replis ténébreux,

Pour que je sois sincère.

Que je fasse l'aveu

De ce que j'ai commis depuis mon saint baptème,

En péchant tous les jours contre l'être suprême,

Mon sauveur et mon Dieu.

O Vierge, mon refuge,

Je crains du Tout-Puissant le trop juste courroux;

J'ai péché, je le sais, j'ai mérité ses coups,

Priez ce divin juge !

Oh! je suis votre enfant,

Et vous me permettez de vous nommer ma mère!

Priez le Saint-Esprit qu'il porte sa lumière

Dans mon cœur languissant.

Qu'il éclaire en mon âme

Le flambeau de la foi, qu'il l'assiste toujours,

Et, de mon grand amour pour mon Dieu, tous les jours,

Qu'il allume la flamme!

RETRAITE

POUR LA PREMIÈRE COMMUNION.

PREMIER JOUR DE LA RETRAITE.

Reconnaissez la toute puissance de Dieu, humiliez-vous devant lui, demandez-lui le pardon de vos fautes et la grâce de faire une bonne première communion.

Seigneur, ô Dieu puissant, maître de l'univers,

O vous qui protégez l'homme dans ses revers,

A ma bien faible voix daignez prêter l'oreille.

Dans les liens du péché tristement je sommeille,

Je me sens accablé sous ce fardeau pesant,

Et mon âme a besoin de vous, ô Dieu puissant!

Venez la soulager, venez, ô tendre père,

Et ne méprisez pas d'un enfant la prière,

Souverain de la terre, et des mers et des Cieux,

Vous notre créateur, vous roi des bienheureux,

Vous seul qui possédez la sagesse infinie,

Oh ! daignez pardonner les péchés que l'impie,

Ce démon infernal plongé dans les enfers,

Suscitait à mon cœur pour me rendre pervers.

Seigneur, j'ai donc déjà perdu mon innocence,

Et je ne suis pourtant pas sorti de l'enfance !

Eh quoi ! j'ai succombé ! Quoi ! l'ennemi trompeur

A déjà fait entrer le poison dans mon cœur !

Je me suis égaré loin de ce Dieu suprême,

Lui qui, pour nous sauver, voulut mourir lui-même.

Hélas ! j'ai négligé d'obéir à vos lois,

Et je me suis laissé séduire par la voix

Du démon qui voulait s'emparer de mon âme

Pour la plonger hélas ! dans l'éternelle flamme !

Ingrat ! que feras-tu pour avoir ton pardon ?......

Quoi ! tu perdis le Ciel dont Dieu t'avait fait don !

Et, perfide, aujourd'hui tu veux miséricorde !

Mais je sais qu'aux pécheurs le roi des Cieux l'accorde....

Pardon, Seigneur Jésus, pardon, ô Dieu puisssant,

Je suis pécheur, c'est vrai, mais je suis repentant.

Les pleurs du repentir coulent sur mon visage,

Oh ! je veux désormais combattre avec courage,

Le démon infernal qui rugit de me voir

Regrettant mes péchés, prêt à vous recevoir,

Daignez venir à moi, vous qui voyez mes larmes ;

Le péché m'a plongé dans de tristes alarmes,

Oh ! je veux désormais ne vivre que pour vous.

Seigneur, je le promets, je le dis à genoux,

A vos très saintes lois je veux être fidèle ;

Oui je veux mériter cette vie éternelle

Que vous avez promise aux fidèles humains !

Seigneur, Seigneur, vers vous j'ose tendre les mains,

Daignez me secourir et faites que je fasse,

Assisté, doux Jésus, de votre sainte grâce,

De courageux efforts pour vaincre vaillamment

L'ennemi qui nous tend des pièges constamment.

Faites aussi, Seigneur, que libre de tristesse

Mon âme vous reçoive en état de sagesse.

PRIÈRE

A LA SAINTE-VIERGE.

Priez la Très-Sainte-Vierge d'intercéder pour vous auprès de son divin fils, afin qu'elle vous obtienne la pureté de cœur nécessaire pour faire dignement une communion, surtout la première, de laquelle doivent dépendre toutes les actions de votre vie.

Vierge, reine des saints, et mère du Seigneur,

Soyez mon avocate auprès du Dieu Sauveur.

Attaché sur la croix, ce bon et tendre père

Confia les humains à vous, bien tendre mère,

Je suis donc votre enfant et je viens imp'orer

Votre protection ; vers vous je viens pleurer

Et chercher du secours; oh ! soyez-moi propice !

Des mortels, je le sais, vous êtes protectrice ;

Ne m'abandonnez pas, ô vous, mère d'amour,

Et daignez exaucer ma prière en ce jour.

Daignez prier pour moi votre fils, Dieu suprème,

Ce Dieu qui m'a créé, ce doux Sauveur que j'aime,

Qu'il prépare mon cœur à le bien recevoir ;

Qu'il me parle toujours le matin et le soir.

Que je ne fasse rien qui puisse lui déplaire,

Et qui soit à ses lois, Vierge sainte, contraire.

Vierge, veillez sur moi, ne m'abandonnez pas ;

Je suis jeune et bien faible, oh ! dirigez mes pas.

Tenez-moi par la main de peur que je ne tombe

Et qu'aux pièges trompeurs je m'arrête et succombe.

Oh ! que mon cœur soit pur pour recevoir mon Dieu,

Et que le Saint-Esprit m'éclaire de son feu.

CANTIQUE.

Refrain.

> Seigneur Jésus, notre unique espérance,
>
> Venez habiter dans nos cœurs ;
>
> Inspirez-nous et sagesse et prudence,
>
> Oh ! venez calmer nos douleurs.

Seigneur, ô tendre père,

Objet de notre amour,

Oh ! daignez en ce jour

Entendre notre humble prière ;

Oui nous vous attendons

Nos âmes vous désirent ;

Sans cesse elles soupirent,

Et, Seigneur, demandent vos dons. *Refrain*. Seigneur

Jésus, etc.

Oh ! venez dans nos âmes,

Venez, céleste époux,

Venez auprès de nous

Eclairer nos cœurs de vos flammes.

Venez, vous, notre espoir,

Modèle de sagesse,

Et chassez la tristesse

De ceux qui vont vous recevoir. *Refrain.* Seigneur

Jésus, etc.

Faites miséricorde

Pour toutes les erreurs

Qui souillèrent nos cœurs;

Aux pécheurs notre Dieu l'accorde.

Venez nous secourir,

Nos pleurs sur le visage

Peuvent donner le gage,

Seigneur, de notre repentir. *Refrain.* Seigneur

Jésus, etc.

Seigneur, ô Dieu suprême,

Sans vous nous succombons,

Dans l'erreur nous tombons,

Et notre douleur est extrême.

Venez nous soulager,

Venez ô tendre père,

Calmer notre misère,

Eloigner de nous le danger. *Refrain.* Seigneur Jesus,

etc.

DEUXIÈME JOUR DE LA RETRAITE.

Méditez sur la mort du doux Sauveur, et
considérez combien vous êtes coupable
d'avoir désobéi à la loi d'un Dieu qui est
mort pour vous racheter. Excitez-vous à la
contrition.

Hélas! l'homme devait pour ses crimes nombreux

S'éloigner à jamais du royaume des Cieux ;

Et l'enfer l'attendait, lui préparait des peines.

Il devait dans ces lieux être chargé de chaînes,

Et ne jamais revoir son divin créateur,

Ayant prêté l'oreille au démon tentateur.

Mais Dieu, par sa bonté souveraine, infinie,

Voulut lui conserver la céleste patrie,

Et le Seigneur Jésus vint au milieu de nous,

Non pas pour exercer son terrible courroux,

Mais pour nous enseigner docilité, sagesse ;

Et pour nous racheter, ce Dieu plein de tendresse

Voulut souffrir pour nous et mourir sur la croix.

Eh ! quoi ! Jésus est donc attaché sur ce bois !

Ce Dieu qui m'a créé que j'appelle mon père !

Il nous ouvre le Ciel, il nous donne sa mère !

Ce Dieu vient pardonner les péchés de nos cœurs ;

Il meurt mais sans se plaindre et sans verser de pleurs !

Sur l'arbre de la croix il s'étendit lui-même,

Et le doux Jésus meurt pour ses enfants qu'il aime !

Des infâmes bourreaux il supporte les coups,

Et, sans dire un seul mot il laisse entrer les clous

Qu'enfonçaient des marteaux dans ses mains adorables,

Et dans ses pieds divins, sacrés et vénérables.

Son sang coule à grands flots; tous ses nerfs sont rompus;

Il nous regarde encor, ses yeux sont abattus.

C'est entre deux voleurs qu'on place la croix sainte,

Et le Sauveur Jésus ne fait aucune plainte.

Il s'adresse à son père, il l'implore pour nous,

Le priant d'apaiser contre nous son courroux ;

Pardonne à ses bourreaux, puis il promet la gloire

Au larron repentant, au vrai Dieu qui veut croire.

N'êtes-vous pas émus, vous, perfides pécheurs,

En voyant votre Dieu supporter ces douleurs !.....

Ses pieds sont attachés afin de nous attendre,

Il nous appelle à lui, ce père bon et tendre.

Ses bras sont étendus pour nous tous recevoir,

Et nous montrent le Ciel, le but de notre espoir ;

Et son cœur est percé pour donner l'abondance

De ses nombreux bienfaits, signe de sa puissance.

Et, sa tête est penchée afin de nous donner

Le baiser de la paix. Il veut nous pardonner,

Et, par sa sainte mort, il nous rend à la vie,

Nous ouvre le chemin des Cieux, notre patrie.

Et ce sont mes péchés qui l'ont mis sur la croix !

C'est moi !.... Près de Jésus j'ose élever ma voix !

Moi qui savais combien cet adorable père

Avait souffert pour nous !... Entend-il ma prière?...

Voudra-t-il maintenant descendre dans mon cœur ?...

Ah ! combien j'ai souvent promis d'être meilleur !

Et toujours, oui toujours ma promesse fut vaine,

Et déjà le péché loin de Jésus m'enchaîne !

Ah ! Seigneur écoutez la voix du repentir.

Non mon cœur ne veut plus au péché consentir.

Fils de la Vierge Sainte,
Vous, mon Dieu, mon Sauveur,
Écoutez donc la plainte
Que vous fait un pécheur.
Oh ! donnez à mon âme
Votre divin secours.
C'est vous qu'elle réclame,
En vous elle a recours.
J'ai souvent transgressé votre sainte défense,
Mais je suis repentant, pardonnez mon offense.
Pardon, Seigneur, pardon, je tremble, je frémis
De voir qu'au tentateur mon cœur s'était soumis.
A vous seul je me donne,
Je veux vivre pour vous.
Dès ce jour j'abandonne '
Je le dis à genoux,
Cet ennemi perfide
Qui m'inspirait toujours,
A moi faible et timide,
Le péché tous les jours.
Oh ! que rien ne m'arrête,
Seigneur, de vous servir,
Que toujours je m'apprête
Pour vous a tout souffrir.
Seigneur, daignez m'entendre,
Vous voyez ma douleur,
Oh ! veuillez, veuillez rendre
Mon âme au vrai bonheur.
Venez, Jésus, mon Dieu, mon divin père.
Venez en moi, mon âme vous attend,
A jamais, ô Seigneur, mon cœur sera sincère.
M'éloignant des filets que le démon me tend.

PRIÈRE

Demandez à cette Sainte-Mère de prier Dieu
et d'implorer pour vous les lumières du
Saint-Esprit, afin que vous fassiez une
confession sincère et une digne communion.

O Vierge, tendre mère, ô divine Marie,

O vous, qu'en ce moment et j'implore et je prie,

Vous qui fûtes toujours près de la sainte croix,

D'un pécheur, oh! daignez entendre l'humble voix!

Vous n'oubliez jamais, je le sais, bonne mère,

Celui qui vient vers vous, avec un cœur sincère,

Demander à genoux, votre puissant secours.

Daignez veiller sur moi, protégez-moi toujours.

2

Daignez prier Jésus, ô Vierge, qu'il m'accorde,

A moi pauvre pécheur, pardon, miséricorde.

Priez le Saint-Esprit, qu'il daigne m'inspirer ;

A la grâce, mon cœur ne fait que soupirer.

Que ma confession soit donc humble et sincère ;

Qu'un profond repentir, qu'une douleur amère

Vienne briser mon âme en voyant mes erreurs.

Dieu m'avait racheté par toutes ses douleurs,

Et je me suis couvert et d'opprobre et de honte ;

Et sur ma propre force, ah ! vainement je compte !

Oh ! tendez moi la main pour sortir de ce lieu.

Où me retient déjà le péché loin de Dieu.

Hélas ! j'ai mérité sa bien juste colère,

Mais un seul mot de vous peut, de ce divin père,

Obtenir le pardon d'un pécheur repentant.

Oh ! priez donc pour moi ce Dieu bon et puissant ;

Obtenez-moi de lui la vertu, la sagesse ;

Qu'il répande sur moi les dons de sa tendresse ;

Qu'il réside en mon cœur! vers vous je tends les mains,

Vers vous, ô Vierge sainte et mère des humains;

Oh! soyez-moi propice, écoutez ma prière,

Que l'Esprit-Saint, Marie, et m'inspire et m'éclaire!

CANTIQUE.

Refrain.
Tendre Jésus, notre Dieu, notre père,

Ecoutez-nous, nous sommes vos enfants;

Pardonnez-nous, ne soyez pas sévère,

Pour nous, Jésus, qui sommes repentants.

Pardon! Pardon! de vous je le réclame;

Venez en nous; habitez dans nos cœurs.

Pardon! Pardon! ô Seigneur, pour notre âme,

Du repentir vous entendez les pleurs.

Refrain. Tendre Jésus, etc.

Seigneur Jésus, notre unique espérance,

Nous renonçons au démon tentateur ;

De nos péchés nous faisons pénitence,

Pardonnez-nous, ô vous, notre sauveur.

     Tendre Jésus, etc.

Ce sont vos lois, Seigneur, que je veux suivre,

Je veux, Seigneur, vous obéir toujours,

Et désormais, pour vous seul je veux vivre ;

Je vous consacre, ô mon Dieu, tous mes jours.

     Tendre Jésus, etc.

Pardon, Seigneur, exaucez ma prière ;

Mon Dieu, je crains votre juste courroux,

Mais, je le sais, vous êtes un bon père,

Vous nous aimez, mon Dieu, pardonnez-nous.

     Tendre Jésus, etc.

TROISIÈME
ET DERNIER JOUR DE LA RETRAITE.

AU SAINT-ESPRIT,

Avant d'aller recevoir l'absolution.

Oh! venez, Esprit-Saint, descendez dans mon âme,

Et daignez l'éclairer de votre sainte flamme.

Oh! daignez du péché me découvrir l'horreur.

Que la contrition prenne place en mon cœur.

Oh! faites, Esprit-Saint, qu'aujourd'hui je n'oublie

Aucun de ces péchés que j'ai faits dans ma vie.

Que je ne cache rien, que je n'omette rien!

Oh! daignez m'inspirer et soyez mon soutien;

Oui, soyez dans ma bouche afin que je m'accuse,

Esprit de vérité, sans soulever d'excuse.

Oh! soyez dans mon cœur pour que j'ai le regret,

Des fautes que Satan m'inspirait en secret.

Soyez dans mon esprit pour que j'ai connaissance

De tout ce qui m'a fait perdre mon innocence.

Eclairez dans mon cœur les replis ténébreux,

Et purifiez-moi de mes péchés nombreux.

Oh ! que mon repentir, Esprit-Saint, soit sincère !

Je m'étais éloigné de mon céleste père,

Mais je reviens à lui, reconnaissant mon tort.

Le démon m'attirait pour me donner la mort,

Mais je veux désormais, sans cesse, le combattre ;

Ayant votre soutien rien ne pourra m'abattre ;

Je ne craindrai plus rien, je pourrai vaillamment,

Affronter de *Satan* les piéges constamment.

Que mon cœur soit lavé des taches criminelles,

Qui m'annonçaient déjà des peines bien cruelles ;

Et faites que je sois par l'absolution,

Digne des dons de Dieu, de sa protection ;

Digne de recevoir la sainte *Eucharistie*,

Nourriture de l'âme et soutien de la vie.

PRIÈRE A DIEU

Pour le remercier d'avoir reçu l'absolution.

Mon Dieu, vous avez donc pardonné mes erreurs,

Vu ma grande tristesse, entendu tous mes pleurs !

A la grâce, ô Seigneur, vous daignez donc me rendre !

Eh quoi ! moi qui, pécheur, ne devais plus prétendre

A recevoir, mon Dieu, vos dons et vos bienfaits,

Vous m'appelez à vous malgré tous mes forfaits.

Sur ma tête, ô Jésus, ma tête pécheresse,

Vous daignez envoyer tous vos dons de tendresse;

Vous m'avez pardonné, me rappelez à vous,

Et détournez de moi votre juste courroux.

Ah ! je suis votre enfant, je vous nomme mon père,

Et vous avez, Seigneur, exaucé ma prière !

Désormais, je veux être à vos très saintes lois,

Et docile et fidèle, ô puissant roi des rois.

Je renonce à jamais à l'ennemi perfide,

Qui, toujours envers vous, me rendait indocile.

Oui, devrais-je marcher sur le charbon ardent,

Je resterai toujours votre fidèle enfant ;

Et, contre le démon, ce tentateur impie,

Je combattrai toujours pendant toute ma vie.

J'aurai pour étendard votre très sainte croix ;

Je n'aurai pour abri que cet auguste bois ;

Pour arme, votre nom, et, sans aucune armure,

Mais de la force ayant reçu la nourriture,

Je pourrai triompher de l'ennemi cruel,

Qui gémit dans l'enfer pour un siècle éternel.

Oh ! conservez-moi pur, descendez dans mon âme,

Venez, Seigneur Jésus, ô vous qu'elle réclame.

CANTIQUE.

Refrain.
{
Je suis donc libre enfin, car Jésus mon Sauveur,

Par sa clémence souveraine,

De l'esclavage vient, vient de rompre la chaine,

Qui, loin de Dieu, tenait mon cœur.
}

Satan, retire toi, je n'appartiens qu'à Dieu :

Pour Dieu seul, je veux vivre,

Ce sont les lois de Dieu que toujours je veux suivre,

Va-t'en dans ton éternel feu !

Refrain. Je suis donc libre, etc.

O Jésus, doux Sauveur, notre Dieu, notre père,

Daignez, daignez veiller sur nous,

Daignez de vos enfants qui pleurent à genoux;

Entendre cette humble prière.

Je suis donc libre, etc.

Demain, Seigneur Jésus, je vais vous recevoir,

Oh! veuillez préparer mon âme,

Et daignez l'éclairer de votre sainte flamme,

O vous Jésus, mon seul espoir!

Je suis donc libre, etc.

A moi, pauvre pécheur, vous rendez l'innocence,

Que *Satan*, l'ennemi trompeur,

Se plaisait chaque jour à ravir à mon cœur,

Vous me pardonnez mon offense.

Je suis donc libre, etc.

Mais je veux désormais ne suivre que vos lois,

Et je repousserai sans cesse

Satan qui, de pécher sans relâche, me presse,

Ayant pour arme votre croix.

Je suis donc libre, etc.

Oui, je veux conserver, doux Jésus, Dieu suprême,

L'innocence jusqu'à ma mort.

Dirigez mon navire, avec vous je suis fort,

Je peux braver l'orage même.

Je suis donc libre, etc.

PRIÈRE A LA SAINTE-VIERGE.

Avant de quitter l'église et de vous rendre dans vos familles, implorez la Vierge sainte, et demandez-lui de prier Dieu pour vous, afin que vous conserviez l'innocence et la pureté de cœur que vous venez de retrouver dans l'absolution.

Mère du doux Sauveur, et notre mère à tous,

Nous sommes vos enfants, daignez veiller sur nous.

Nous avons le pardon de notre divin père,

Qui par vous exauça notre faible prière.

Vierge, divine mère, oh ! nous vous supplions

De répandre sur nous vos grâces et vos dons.

Inspirez-nous, Marie, inspirez-nous sans cesse,

La vertu, la douceur et l'ardente sagesse ;

Vers nous soyez toujours et dirigez nos pas,

Tenez-nous par la main, Vierge, jusqu'au trépas.

Oh ! daignez à nos cœurs conserver l'innocence

Que le démon, jaloux du bonheur de l'enfance,

Avait su nous ravir, mais que le doux Sauveur,

De notre repentir en voyant la douleur,

Par sa bonté divine a bien voulu nous rendre,

Malgré tous nos forfaits, il daigna nous entendre ;

Il eut pitié de nous, nous donna son pardon,

Et délivra nos cœurs des chaînes du démon.

Nous sommes donc en grâce, et nous sentons nos âmes,

Pour le divin Jésus, brûler d'ardentes flammes.

O Vierge, notre mère, exaucez vos enfants ;

Daignez jeter sur eux vos regards bienfaisants.

Maintenez dans nos cœurs une vertu sincère,

Un amour bien ardent pour Jésus notre père.

Nous jouissons déjà du bonheur de la paix,

De cette paix de l'âme; ô Vierge que jamais,

Oh ! que jamais nos cœurs au péché ne succombent ;

Dans le piége infernal que jamais ils ne tombent.

Ouvrez-nous le chemin qui conduit au bonheur ;

Faites que nous soyons fidèles au Seigneur,

Dignes d'aller un jour au Ciel, notre patrie ;

Nous vous en conjurons, ô divine Marie.

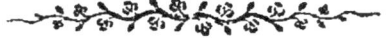

GLORIEUX JOUR

de la

PREMIÈRE COMMUNION.

GLORIEUX JOUR

DE LA

PREMIÈRE COMMUNION.

OFFICE DU MATIN.

Priez la Sainte-Vierge qu'elle veille constamment sur vous et vous obtienne la grâce de
rester toujours fidèles à Dieu.

Vierge, du haut des Cieux, daignez veiller sur moi,

Protégez votre enfant, augmentez donc sa foi.

Daignez, Vierge Marie, entendre ma prière,

Et la porter vers Dieu, notre céleste père.

Ne m'abandonnez pas, tenez-moi par la main,

Du salut, tendre mère, ouvrez-moi le chemin.

Restez à mes côtés pour me guider sans cesse,

Afin que je possède une ardente sagesse.

Ayez sur moi les yeux et dirigez mes pas,

Afin que loin de vous je ne m'égare pas.

Que je sois humble et doux, que toujours je résiste

Au démon tentateur, et qu'au bien je persiste.

Vierge, soyez vers moi, je veux vous obéir,

Rien ne m'arrêtera, car je ne veux agir

Maintenant, que pour Dieu. Vierge, daignez m'entendre,

Qu'à Dieu je sois fidèle, ô mère bonne et tendre.

Oh ! détournez toujours le péché de mon cœur ;

Que l'innocence y régne, et que le doux Sauveur

Habite en moi toujours. Faites qu'après, ma mère,

Avoir fini de vivre, ici bas, sur la terre,

Je puisse aller au Ciel, ce lieu de notre espoir,

Où le Seigneur Jésus veut bien nous recevoir.

PRIÈRE A JÉSUS.

Implorez Dieu et demandez-lui de descendre
dans vos cœurs.

—◦◦◦—

Venez, ô doux Jésus, prendre place en mon cœur !

Oh ! descendez en moi, vous êtes mon bonheur !

Venez, je vous attends, mon âme vous désire,

Et de vous recevoir à tout moment aspire.

Seigneur, ah ! vous daignez, quoique Dieu, puissant roi,

Venir en ce beau jour pour résider en moi !

A moi, tendre Sauveur, moi, faible créature,

Vous voulez vous donner comme une nourriture !

Quel excès de tendresse, oh ! quel excès d'amour,

Vous venez en mon cœur en ce glorieux jour !

Vous daignez habiter dans celui, tendre père,

Que vous avez créé, placé sur cette terre ;

Dans celui que Satan a conduit dans l'erreur,

Dans celui qui pécha contre vous, doux Sauveur !

Mais j'ai votre pardon, je n'ai plus rien à craindre,

Oui, vous m'avez guéri, je ne peux plus me plaindre.

Seigneur, je suis à vous, venez, je vous attends,

Venez, mon Dieu, mon tout ; désormais je prétends

Ne vivre que pour vous ; je vous donne ma vie,

Mon âme et mon esprit, et, dès ce jour, l'impie,

Le criminel Satan ne me pourra plus rien,

Je n'ai besoin, Seigneur, que de votre soutien ;

Et je pourrai le vaincre avec honneur et gloire.

A ses charmes trompeurs je ne veux jamais croire.

Oui, je suis votre enfant, je n'appartiens qu'à vous;

Venez, Seigneur Jésus, agneau tendre et si doux,

Venez, mon cœur est prêt, venez, mon espérance,

Ma joie et mon bonheur; venez, sainte innocence,

Descendez dans mon âme et restez-y toujours,

Et donnez lui, Seigneur, votre puissant secours.

Pendant la Messe, au moment de l'élévation, considérez que vous allez recevoir Jésus.

———————

A la table des saints, je vais bientôt me rendre,

Et le Sauveur Jésus dans mon cœur va descendre !

Eh quoi ! je vais avoir mon Jésus dans mon cœur !

Ah ! je vais donc jouir du plus parfait bonheur !

De ce bonheur parfait que désirent les anges !....

Voilà le doux Jésus, entonnons des louanges ;

Le prêtre, dans ses mains, l'élève vers les Cieux.

Courbons devant Jésus nos fronts respectueux.

Il se dévoile à nous sous une humble apparence,

Signe de sa grandeur, de sa toute puissance.

Il descend sur l'autel pour venir en nos cœurs ;

Honorons sa présence en entonnant des chœurs.

Sur nos lèvres bientôt nous recevrons *l'hostie,*

Qui renferme Jésus, qui nous donne la vie.

Que mon bonheur est grand, Jésus se donne à moi,

Et bientôt dans mon cœur, j'aurai ce divin roi.

CANTIQUES AVANT LA COMMUNION.

Descendez, Jésus, dans nos cœurs ;

Eclairez-nous de vos lumières ;

Daignez écouter nos prières.

Oh ! venez calmer nos douleurs,

Jésus, descendez dans nos âmes,

Pour vous, elles brûlent de flammes.

Descendez, nous vous attendons,

Venez vers nous, ô tendre père ;

Pour vous, notre amour est sincère.

Oh ! sur nous, répandez vos dons ;

Venez, nos âmes vous désirent,

Ce n'est qu'en vous qu'elles aspirent.

O Jésus, notre doux Sauveur,

Du haut des Cieux, notre patrie,

Ce lieu de l'éternelle vie,

Oh! descendez près du pécheur,

Qui se repent de son offense,

Et demande votre clémence.

Venez, Jésus, notre soutien,

Faites en nous votre demeure ;

Soyez près de nous à toute heure,

Afin que nous ne fassions rien

A la vertu, qui soit contraire,

Car nous voulons toujours vous plaire.

Seigneur, nos cœurs vont se nourrir

De vous, dans la très-sainte-hostie,

Et de la grâce auront la vie.

A nous, vous daignez vous offrir,

Dans nos cœurs vous daignez descendre,

Et vos dons daignez y répandre.

ACTES AVANT LA COMMUNION.

Acte de Foi.

C'est dans la Sainte Eucharistie,

Seigneur, je le crois fermement,

Que vous êtes, Esprit de vie,

Que vous êtes réellement.

Oui, c'est votre corps adorable,

C'est votre âme que je reçois,

Dans ce sacrement vénérable,

C'est vous-même, vous, roi des rois.

Acte d'Humilité.

Seigneur, je ne suis qu'un pécheur,

Et vous daignez, ô tendre père,

Venir habiter dans mon cœur.

Vous descendez sur cette terre,

Pour vous donner à votre enfant.

Vous vous offrez en nourriture,

A moi, pécheur, mais repentant,

A moi, bien faible créature.

Acte d'Amour.

Divin Jésus, c'est votre amour

Qui dans nos cœurs, vous fait descendre

En ce jour, ce glorieux jour.

O Dieu d'amour, ô divin père,

Vous seul que j'aime, oui désormais

Dans votre amour, oh ! je veux vivre ;

A vous, je me donne à jamais,

Et vos préceptes je veux suivre.

Acte de Contrition.

Mon Dieu, j'ai péché contre vous,

Mais mon repentir est sincère ;

Pardon, je vous prie à genoux,

Pardon, mon Dieu, mon tendre père,

Par Jésus-Christ, notre Sauveur.

Pardonnez-moi, Dieu de Clémence ;

Oh ! je regrette mon erreur,

Toujours, j'en ferai pénitence.

Acte de Désir.

Venez, Jésus, mon Dieu, mon roi,

Venez, mon âme vous désire,

Venez, oh ! descendez-en moi,

A vous recevoir, oh ! j'aspire.

O vous, ma joie et mon bonheur,

Venez, ô venez dans mon âme ;

Jésus, je vous donne mon cœur,

Venez, mon âme vous réclame.

CANTIQUES APRÈS LA COMMUNION.

ACTES APRÈS LA COMMUNION.

Acte d'Adoration.

Seigneur, vous voilà dans mon âme,

Je vous adore, agneau de Dieu;

Pour vous, Jésus, elle s'enflamme,

Pour vous, Jésus, d'un divin feu.

Après avoir voulu mourir,

Pour racheter l'homme infidèle,

Ce doux Jésus vient nous nourrir ;

Chantons sa louange éternelle.

Acte de Remerciement.

Vous avez jeté vos regards,

Seigneur Jésus, sur ma bassesse ;

Pour moi vous avez des égards,

Et vous soulagez ma détresse.

Que faire pour tant de bienfaits?

Ah! je chanterai vos louanges,

Je veux vous bénir à jamais,

Mêlant mes chants à ceux des Anges.

Acte d'Offrande.

Ah! que pourrais-je vous offrir

Pour vos bienfaits, Dieu de clémence,

En venant à moi vous unir,

Vous, Dieu de force et de puissance?

Je consacre, ô divin Seigneur,

Mon cœur, mon âme à votre gloire;

Disposez de moi, doux Sauveur,

Sur le démon j'ai la victoire.

Acte de Demande.

Jésus, vous qui me possédez,

Eloignez le lion farouche

De mon âme où vous descendez

Oh ! que jamais il ne me touche,

Par ses discours séditieux !

Qu'à jamais je vous sois fidèle,

Et que je meurs, ô roi des Cieux,

Digne de la vie éternelle.

ACTIONS DE GRACES.

Refrain.

Jésus est dans mon cœur,

Ce Dieu plein de tendresse

Me donne le bonheur,

M'inspire l'allégresse.

Chantons, chrétiens, chantons

Le Seigneur, notre père,

Qui nous comble de dons,

Calme notre misère.

Nous sommes ses enfants,

Il nous bénit sans cesse,

Soyons reconnaissants

Pour ce Dieu de tendresse.

Refrain. Jésus est, etc.

Enfants du doux Sauveur,

De la Vierge Marie,

Nous avons le bonheur,

Et notre âme est ravie.

Nous ne craignons plus rien,

Ni les fers, ni les peines,

Jésus, notre soutien,

Vient de briser nos chaînes.

Jésus est, etc,

Je n'appartiens qu'à Dieu,

Je peux braver l'orage.

Mon cœur n'est plus qu'un feu

Où brille le courage.

Oui je vais aux combats

Des passions du monde;

Jésus, guidez mes pas

De peur que j'y succombe.

Jésus est, etc.

PRIÈRE.

Remerciez Dieu de la grâce qu'il vient de vous faire, et demandez-lui qu'il reste constamment en vous.

Vous êtes dans mon âme, ô Jésus, tendre père,

Vous avez exaucé ma bien humble prière

Et vous êtes venu résider en mon cœur,

Vous qui m'avez créé, qui faites mon bonheur !

O vous, mon Dieu, mon père, ô vous seul que j'adore,

En ce glorieux jour, daignez m'entendre encore.

Oh daignez recevoir de votre enfant joyeux

Les actions de grâce, ô Jésus, roi des Cieux !

  Mon âme est transportée au-delà de la terre,

De vous avoir, Jésus, vous qu'elle aime et révère.

En moi, mon divin père, en moi restez toujours ;

Ne me refusez pas votre puissant secours.

Du péché vous avez, Seigneur, rompu les chaînes,

Et vous avez calmé mes douleurs et mes peines.

Mon âme était souffrante, elle eut recours à vous,

Et vous l'avez guérie, ô père tendre et doux.,

Oh ! quel excès d'amour, quel excès de tendresse,

Vous faites succéder à ma sombre tristesse,

Le bonheur le plus grand, celui de vous avoir !

O mon Dieu, dans mon cœur j'ai pu vous recevoir !

Oh ! que je suis heureux !... Que mon âme est en joie !

Du démon tentateur je ne suis plus la proie !

Seigneur, je suis à vous, oh ! dirigez mes pas,

Si j'ai votre soutien je ne faillirai pas.

Oui je veux aujourd'hui, je veux changer de vie,

Car je n'ai du bonheur que dans l'Eucharistie.

Oh ! désormais je veux vous obéir toujours,

Comme un chrétien fervent je veux finir mes jours.

OFFICE DU SOIR.

Cantique avant d'aller aux fonts baptismaux.

Oh ! levons-nous,

Et bravons les tempêtes,

Et les flots en courroux

Qui menacent nos têtes.

Dressons la croix,

Etendard de victoire

Et pour le roi des rois

Couronnons-nous de gloire.

Allons jurer

A notre Dieu suprême,

De toujours observer,

Pleins d'une ardeur extrême,

Ses saintes lois;

D'être toujours dociles

A sa très sainte voix,

Au démon invincibles.

Plutôt mourir

Oh! que d'être infidèle

Au Dieu qui vient s'offrir,

O clémence éternelle,

A tous nos cœurs,

Dans la très sainte Hostie

Pour guérir nos douleurs,

Et nous rendre à la vie.

Au divin port,

Sans craindre les tempêtes,

Sans redouter la mort,

Marchons, car à nos têtes,

Je vois la croix,

Etendard de victoire,

Et pour le roi des rois

Oh ! couvrons-nous de gloire.

Cantique en allant renouveler les promesses du Baptême.

Entonnons nos chants d'allégresse,

Vers Jésus élevons nos cœurs ;

Adorons ce Dieu de tendresse,

Oh ! faisons retentir nos chœurs.

Refrain.

Allons à la sainte piscine,

Chrétiens, renouveler nos vœux,

Dociles à la loi divine,

Laissons Satan séditieux.

J'ai promis au jour du baptême,

Mais d'autres ont juré pour moi,

D'être fidèle au Dieu suprême

Et d'observer toujours sa loi.

Allons à la, etc.

Mais je n'avais pas su comprendre

Ce qu'à mon Dieu j'avais promis,

Et je me suis laissé surprendre

Par de bien traîtres ennemis.

Allons à la, etc.

Aujourd'hui je jure moi-même,

J'ai l'âge du discernement,

Je suis chrétien par le baptême

Et j'observerai mon serment.

Allons à la, etc.

A notre Dieu rendons hommage,

Vivons, chrétiens, vivons pour lui,

Allons jurer avec courage

Fidélité dès aujourd'hui.

Allons à la, etc.

Du péché d'Adam notre père,

Héritiers en venant au jour,

Nous avons péché sur la terre

Contre Jésus ce Dieu d'amour.

Allons à la, etc

Mais j'ai regret de mon offense,

Et j'ai le pardon du sauveur,

Et j'ai recouvré l'innocence

Qui plaît à mon Dieu rédempteur.

Allons à la, etc.

Oui mon repentir est sincère,

Et je préfèrerai la mort

Que d'écouter l'esprit contraire

A mon voyage au divin port.

Allons à la, etc.

Chrétiens, marchons, Dieu nous appelle,

Jésus nous attend dans les cieux.

Méritons la vie éternelle

Et le séjour des bienheureux.

Allons à la, etc.

RENOVATION

DES

Vœux du Baptême.

—oummmummo—

C'est en votre présence, ô Jésus, Dieu Sauveur,

Que nous venons jurer, en ce jour de bonheur,

Amour, Attachement, fidélité sincère

Pour vous seul, ô mon Dieu, vous notre tendre père.

Et nous avons ici témoins de nos *serments*

Nos frères, nos amis et nos tendres parents.

Ils nous regardent tous et chacun nous contemple;

Chacun cesse ses chants, et, dans votre saint temple,

Ma voix seule s'entend, s'élève au nom de tous,

Oui de nous tous enfants qui sommes devant vous.

A peine nous étions aux portes de l'enfance,

Que le *Baptême* ici nous donna l'innocence ;

Effaça le péché qui souillait notre cœur,

Nous ouvrit le chemin qui conduit au bonheur ;

En nous rendant enfants du Ciel et de l'église,

Une vie éternelle alors nous fut promise.

Mais hélas ! infidèle à mon père, à mon Dieu,

Le démon m'entraînait dans son éternel feu ;

Je m'étais éloigné de ce Dieu de tendresse,

Du *Baptême* sacré j'oubliais la promesse.

Hélas ! 'Ah ! quand je fais sur moi-même, un retour,

Que je vois mes péchés contre vous chaque jour,

Seigneur, oui je frémis, je crains votre colère,

Je n'ose qu'en tremblant vous offrir ma prière,

Et je crains contre moi votre juste courroux !

Mais tandis qu'humblement je priais à genoux,

Ah ! vous avez daignez, père plein de clémence,

Pardonner à mon cœur, *son crime, son offense.*

Vous m'avez accordé, mon Dieu, votre pardon,

Et me donnez pour gage un bien précieux don :

Votre corps, votre sang et votre divine âme !....

J'ai la grâce et la paix, et mon âme s'enflamme

D'un saint amour pour vous ; oui, je suis votre enfant,

Je vous serai fidèle, ô Dieu juste et puissant !

Je le jure, ô Seigneur, la main sur l'*Evangile*,

A *Satan* je serai désormais indocile ;

Je laisse d'ici-bas les plaisirs séducteurs ;

Je renonce au démon, à ses charmes trompeurs ;

Je le jure, ô mon Dieu, car j'ai la connaissance

Du serment que je fais au sortir de l'enfance.

Dès ce jour, je m'attache à vos très-saintes lois,

Partout, je déploierai l'étendard de la *Croix*.

Je veux mourir pour vous, pour vous seul je veux vivre,

C'est la route du Ciel, mon Dieu, que je veux suivre.

Rien, Seigneur, ne pourra s'opposer à mes pas,

Ni *Satan, ni les fers*, ni même *le trépas*.

Mon Dieu, je suis *Chrétien*, tout haut je le confesse,

Oui je suis votre enfant, donnez-moi la sagesse.

Ici chaque enfant, mettant la main sur l'Évangile, renonce à Satan, à ses pompes et à ses Œuvres, et s'engage à suivre les maximes de Notre Seigneur Jésus-Christ.

CANTIQUE

En revenant des fonts baptismaux.

Je suis chrétien,

Jésus est notre père,

Notre unique soutien.

Renonçons à la terre;

Dieu nous attend

Au Ciel notre patrie;

Soyons, il nous entend,

Fidèles pour la vie.

Refrain. {
Ne craignons rien, chrétiens, courage.

Affrontons le danger des mers ;

Luttons, luttons contre l'orage,

Bravons Satan et ses enfers.

Chrétiens, Jésus

Repose dans nos âmes ;

Oh ! ne redoutons plus,

Car de divines flammes

Brillent en nous.

Remportons la victoire

Sur l'ennemi jaloux,

Et couvrons-nous de gloire.

Ne craignons rien, etc.

Je marcherai

Avec ardeur et zèle,

Quand même je verrai

Venir la mort cruelle,

Douce pour moi :

Car mourir pour son père,

Pour son Dieu, pour sa foi,

Rien n'est plus beau sur terre.

Ne craignons rien, etc.

C'est dans les Cieux,

Où nous devons nous rendre,

Que nous serons heureux.

Il ne faut point attendre,

Car notre cœur

Peut se laisser séduire

Par l'esprit tentateur,

Qui se plait à nous nuire.

Ne craignons rien, etc.

Bien loin de moi,

Dans ton séjour obscure,

Satan, retire-toi,

Perfide créature ;

Je vais à Dieu,

Qui près de lui m'appelle ;

Je vais à ce saint lieu

De la vie éternelle.

Ne craignons rien, etc.

ACTE DE CONSÉCRATION

Très-Sainte-Vierge Marie.

———❦———

O vous, reine des Saints, des hommes et des Anges,

Vierge sainte, daignez entendre nos louanges.

Nous ne pouvons passer ce jour si glorieux

Sans nous mettre à vos pieds, Vierge reine des Cieux.

Nous accourons à vous remplis de confiance

Dans vos grandes bontés et dans votre puissance.

Nous venons implorer votre puissant secours,

Vous prier de veiller sur nos têtes toujours.

C'est vous qui du sauveur avez été la mère,

Vous qui l'avez nourri, veillé sur cette terre.

Vous avez à Jésus donné vos tendres soins,

Calmé ses pleurs d'enfant, pourvoyant aux besoins,

5

Ah ! qu'il pouvait avoir à cet âge si tendre,

Vous l'aviez dans vos bras ; vous aimiez à l'entendre

Vous appeler ma mère, à le voir envers vous

Toujours humble et docile, obéissant et doux.

Nous vous félicitons, ô *Divine Marie*,

Pure de tout péché, d'avoir été choisie

Comme mère du *Dieu* que tous nous adorons,

Et dans l'amour duquel, nous chrétiens, nous mourrons.

O divine Marie, ô notre protectrice

Daignez nous regarder et soyez nous propice ;

Nous sommes vos enfants, nous le confessons tous

Devant tout l'univers ; prosternés devant vous

Nous vous reconnaissons pour notre souveraine,

Notre mère céleste et notre unique reine.

Vierge, noús vous serons dociles à jamais,

Afin d'être toujours dignes de vos bienfaits,

Inspirez-nous, *Marie*, ô notre auguste mère,

L'amour du doux Sauveur, l'amour de la prière ;

Au milieu des vertus conservez notre cœur,

Détournez-nous toujours de l'esprit tentateur.

Donnez-nous la sagesse et la sainte innocence,

Et contre le démon soyez notre défense.

Oui, vous nous adoptez, *Vierge*, pour vos enfants,

Et vous avez sur nous vos regards bienfaisants.

Oh ! dirigez nos pas au milieu de ce monde,

Car nous pourrons tomber dans une erreur profonde.

Vierge, accompagnez-nous jusqu'au jour de la mort,

Et faites-nous entrer, *mère*, au céleste port.

Faites que nous puissions, pendant toute la vie,

Porter le nom d'enfant de *Jésus*, de *Marie*.

CANTIQUE
d'allégresse avant de terminer l'office.

Je suis chrétien,

Le Sauveur est mon père,

Et Marie est ma mère,

   Je ne crains rien.

   Oui, je veux vivre

Pour mon Dieu rédempteur,

Ce n'est que mon Sauveur

   Que je veux suivre.

   Je suis enfant

De la Vierge Marie,

Cette mère chérie,

   Du Dieu puissant.

   Chrétiens, courage,

Jésus est avec nous ;

Oh ! préparons-nous tous,

   Tous au voyage.

   Dans le saint lieu

De la vie éternelle

Le sauveur nous appelle

Allons à Dieu.

Séparons-nous,

Allons à la victoire,

Et pour le Dieu de gloire

Combattons tous.

PRIÈRES DIVERSES

Suivant les différentes circonstances dans lesquelles un chrétien peut se trouver pendant la journée.

PRIÈRES DIVERSES

Suivant les différentes circonstances dans lesquelles un chrétien peut se trouver pendant la journée.

Prière avant de se livrer au sommeil.

Mon Dieu, je vous adore et je n'aime que vous ;
Oh ! pendant cette nuit daignez veiller sur nous.
Mon bon ange gardien, soyez, quand je sommeille,
Toujours auprès de moi. Faites, quand je m'éveille,
Que mon âme s'élève aussitôt vers les Cieux.
Et vous, reine des Saints, des Anges bienheureux,
Détournez loin de moi la mort prompte et cruelle ;
Daignez me protéger, ô vous, Vierge immortelle.

Prière quand on s'évéille pendant la nuit.

Salut, nom de Jésus, salut, nom de Marie,

Mon âme en vous nommant toujours sera ravie.

Daignez veiller sur moi; comme un bien faible enfant,

J'ai besoin du secours et divin et puissant.

Pardonnez, ô mon Dieu, mes anciennes offenses,

Et contre le Démon donnez-moi des défenses.

Consolez ceux, Seigneur, qui pleurent ici-bas,

Qui sont dans le besoin, qu'on ne soulage pas.

Consolez l'orphelin qui réclame sa mère;

Soulagez le souffrant qui gémit sur la terre.

Rappelez l'infidèle à vous, ô doux Sauveur,

En lui faisant comprendre où le mène l'erreur.

Pardonnez, ô mon Dieu, ceux qui dans la nuit sombre

Vous offensent sans cesse en se cachant dans l'ombre.

Ayez l'âme de ceux que vient frapper la mort,

Daignez les recevoir dans le céleste port.

Prière le matin en s'éveillant.

Oui, mon Dieu, je m'éveille et c'est pour vous bénir ;

Oh ! daignez en ce jour, Seigneur, me soutenir.

Que je ne fasse rien à vos lois de contraire,

Et dans tous mes travaux, Seigneur, je veux vous plaire.

Et vous, ô Vierge sainte, assistez-moi toujours ;

J'implore en me levant votre puissant secours ;

Tenez-moi par la main de peur que je ne tombe,

Et qu'au péché fatal hélas ! je ne succombe,

Et vous, mon Saint patron, vous mon Ange gardien,

Restez à mes côtés, et soyez mon soutien.

Donnez-moi vos vertus, inspirez-moi sans cesse

Amour envers mon Dieu, docilité, sagesse.

Prière avant le travail.

Je me mets au travail, Seigneur, avec courage ;
Je vous l'offre, ô mon Dieu, bénissez mon ouvrage.
Oh ! que rien ne me fasse enfreindre votre loi,
Je yeux vous obéir, mon Dieu, protégez-moi.

Prière avant de faire une promenade.

Seigneur, je vais cesser un peu
Mon travail aujourd'hui, mais faites, tendre père,
Que rien de la vertu ne puisse me distraire,
Daignez veiller sur moi, mon Dieu !

Prière avant d'aller faire une visite.

Daignez m'accompagner pour faire ma visite ;
Retenez ma parole et faites que j'évite,

Seigneur, tout ce qui peut déshonorer mon cœur.

Que je ne dise rien, ô Jésus, mon Sauveur,

Qui puisse être contraire hélas! à la sagesse.

Que mon discours en rien et n'attaque et ne blesse.

Doux Jésus, mon prochain, détournez loin de moi

Tout désir de médire, ô Jésus, divin roi.

Prière lorsqu'on passe devant une croix.

Salut, croix du Sauveur,

O toi, qui me rappelle

La mort du Rédempteur.

Cette mort par laquelle

Nous avons le pardon,

O Croix, de notre offense;

Au sage qui fait don

Des Cieux pour récompense.

Prière lorsqu'on est malade.

O Seigneur, je languis, acceptez mes souffrances

Comme expiation de toutes mes offenses.

Vous avez enduré sur l'arbre de la croix

De plus grandes douleurs sans élever la voix ;

Je veux aussi souffrir, doux Jésus, sans me plaindre,

Car souffrir pour son Dieu ne doit pas être craindre.

Prière lorsqu'on a eu le malheur de succomber à la tentation.

J'ai pu vous offenser, ô mon Dieu, tendre père,

Daignez me pardonner, vous voyez ma misère ;

Le démon m'a séduit, j'ai tombé dans l'erreur ;

Oui je vous rends, Jésus, oui je vous rends mon cœur.

Daignez avoir pitié, mon Dieu, de ma faiblesse,

Et faites croître en moi, la vertu, la sagesse.

Prière lorsqu'on voit un drap mortuaire devant une porte.

Ayez vers vous, mon Dieu, l'âme de ce mortel,

Bientôt pour lui, le prêtre, au pied de votre autel,

Entonnera, Seigneur, la funèbre prière,

Que l'on fait pour les morts lorsqu'ils quittent la terre ;

Mon Dieu, daignez l'entendre et placez-le vers vous ;

Exaucez-moi, Jésus, agneau tendre et si doux.

Prière à la Vierge Marie pour obtenir une bonne mort.

O Vierge immaculée, ô divine Marie,

Vous, de tous les humains, mère tendre et cherie,

Obtenez que je meurs en fidèle chrétien ;

Ne m'abandonnez pas et soyez mon soutien.

Que je meurs dans vos bras, ô ma divine mère,

Etant nourri de Dieu, mon Sauveur et mon père.

Oh ! daignez prendre soin de mon âme à ma mort ;

Daignez l'accompagner, Vierge, au céleste port.

Cantique avant la bénédiction.

Devant Jésus, créateur de la terre,

De l'univers, et des mers et des Cieux,

Notre Sauveur, et notre tendre père,

Courbons, chrétiens, nos fronts respectueux.

Bénissez-nous, ô Jésus, Dieu suprême ;

Sur vos enfants, oh ! répandez vos dons,

Car avec vous, leur bonheur est extrême,

Bénissez-nous, Dieu que nous adorons !

Oh ! courbons-nous devant la sainte hostie ;

Le doux Sauveur, frères, vient nous bénir.

Le prêtre invoque au Ciel le Dieu de vie,

Qui seul, chétiens, seul peut nous soutenir.

O doux Jésus, notre unique espérance.

Vous nous comblez de bienfaits tous les jours,

Que votre paix, ô Dieu plein de clémence,

Que votre paix avec nous soit toujours.

Prière de l'enfant à son réveil.

O doux Jésus, mon tendre père,

Vous que je nomme avec bonheur,

Vous que j'aime et que je révère,

Ecoutez la voix de mon cœur.

Seigneur, à genoux je vous prie

Près de l'Image de la Croix ;

Pour ma mère tendre et chérie,

Je fais entendre une humble voix.

Pour mon père, je vous implore,

Bénissez-le du haut des Cieux ;

Seigneur, je suis bien jeune encore,

Mais daignez exaucer mes vœux.

Faites que je vous sois fidèle,

A mes parents obéissant.

Priez pour moi, Vierge immortelle,

Le roi des Cieux, seul Dieu puissant.

Prière de la sœur hospitalière.

Seigneur, ô doux Jésus, écoutez la prière,

Que vous fait à genoux, la sœur hospitalière.

Sans vous je ne puis rien, rien sans votre secours ;

Ne m'abandonnez pas et soutenez mes jours.

Je suis faible, Seigneur, et sans vous je succombe ;

Oh ! dirigez mes pas de peur que je ne tombe !

Déjà, déjà la cloche a sonné mon réveil,

Et du vaste Océan le radieux Soleil

S'élève avec splendeur pour reprendre sa route,

Et cet astre des Cieux vient embellir la voûte.

Mon Dieu, je veux toujours me soumettre à vos lois;

Je vous serai fidèle, ô puissant roi des rois.

Seigneur, pour le souffrant que je sois une mère,

Faites que je secoure les douleurs, la misère;

Que je donne à chacun ce dont il a besoin;

Que j'estime le pauvre ainsi que l'orphelin.

Je veux avoir toujours prévenance et tendresse

Pour celui qui gémit chargé de vieillesse.

Que je serve chacun avec un même amour,

Et que je les soulage à chaque instant du jour,

Exaucez-moi, Seigneur, à genoux je vous prie,

Priez pour moi, Jésus, ô vous, Vierge Marie!

Et vous, Ange du Ciel, mon fidèle gardien,

Prenez-moi par la main et soyez mon soutien.

Oh ! dirigez mes pas au milieu de ce monde,

Et que le tentateur dans une erreur profonde

Ne plonge pas mon cœur qu'il voudrait me ravir,

C'est le Sauveur et vous que j'aime et veux servir.

Dans ma salle, ô mon Dieu, je vais avec courage,

Ayant devant les yeux votre très sainte image.

Fin.

TABLE DES MATIÈRES.

Prières diverses.

www.ingramcontent.com/pod-product-compliance
Lightning Source LLC
Chambersburg PA
CBHW070745280626
47162CB00017B/2365